ESSAIS

POÉTIQUES,

PAR

MADAME VICTORINE BLANCHARD.

Paris.

DELAUNAY, LIBRAIRE

De S. A. R. Mme la D^sse d'Orléans,

Palais - Royal.

1829.

Y

ESSAIS

POÉTIQUES.

PₐARIS. — IMPRIMERIE ET FONDERIE DE FAIN,
RUE RACINE, Nº. 4, PLACE DE L'ODÉON.

ESSAIS

POÉTIQUES.

PAR

MADAME VICTORINE BLANCHARD.

Paris.

DELAUNAY, LIBRAIRE

De S. A. R. Mme. la D^sse. d'Orléans,

Palais - Royal.

1829.

ESSAIS
POÉTIQUES.

Les Grecs.

Tel fut, hélas ! des Grecs le malheureux destin,
Qu'ils devaient tous périr sous un glaive inhumain.
La misère et la faim, la mort et le carnage,
Au farouche Ibrahim ont ouvert un passage ;
Ses soldats, de leur chef secondant la fureur,
Immolent sans pitié le frère avec la sœur ;
L'enfant épouvanté, teint du sang de sa mère,
Fuit, et vient expirer dans les bras de son père.
Forts de leur désespoir, les Grecs persécutés,
Par le malheur unis, s'arment de tous côtés ;

Et, repoussant les coups d'une troupe barbare
Qui toujours les atteint, les poursuit, les sépare,
Ils consument leur vie en efforts généreux.
Fiers et nobles martyrs, si le sort rigoureux
A leur nombre affaibli refuse la victoire,
Ils combattent du moins, et meurent avec gloire ;
Adolescens, vieillards, femmes, prêtres, guerriers,
Descendent dans la tombe en cueillant des lauriers.

O peuple infortuné ! dis-moi, dis-moi, quel crime
A creusé sous tes pas un si profond abîme ?
As-tu de l'Éternel profané les présens ?
Pour un autre que lui fis-tu fumer l'encens ?
Ou, méprisant les droits d'un roi puissant mais juste,
As-tu porté la main à sa couronne auguste ?

« Non, du Dieu que je sers, du seul Dieu des Chrétiens
» J'ai toujours respecté les décrets souverains :
» A toute heure on m'a vu, dans son temple avec zèle,
» Reconnaître, adorer sa bonté paternelle.
» N'attendant que de lui la fin de mes malheurs,
» Je tournais vers le ciel des yeux noyés de pleurs ;
» Que n'a-t-il écouté mes vœux et ma prière !
» Il n'eût permis jamais, ô comble de misère !
» Que je devinsse esclave, hélas ! plus que sujet,
» D'un superbe sultan, d'un fils de Mahomet.
» Son joug était pesant, affreux, insupportable.
» Sa colère inflexible, et sa haine implacable :

» En surchargeant mes mains de ses horribles fers,
» En ajoutant sans cesse aux maux déjà soufferts,
» Il me fit abhorrer son pouvoir homicide,
» Et ses cruels dédains, et son orgueil perfide.

» Ce fut, ce fut alors, qu'en longs habits de deuil,
» Comme un spectre imposant sortant de son cercueil,
» L'auguste Liberté, trop long-temps méconnue,
» De notre affreux tyran osa braver la vue :
» Son aspect étonna, confondit l'oppresseur,
» Sitôt qu'il l'aperçut, il palit de terreur !
» Lasse, enfin, de gémir esclave et prisonnière,
» Elle prit tout à coup une attitude fière.
» Quoique ses vêtemens, obscurs et déchirés,
» Fissent juger des maux qu'elle avait endurés ;
» Tous les cœurs à l'envi volaient au devant d'elle ;
» Car, sur son pâle front, la couronne immortelle,
» Dont les rameaux flétris s'ouvraient pour refleurir,
» De mille attraits puissans venait de la couvrir.

» Cette déesse en pleurs devant moi se présente :
» J'écoute les accens de sa voix gémissante,
» Qui, portant mes regards vers des siècles vantés,
» Me nomme les héros dans mon sein enfantés ;
» Me dit ce que je fus, ce que je devrais être,
» Si le ciel eût permis que j'eusse un autre maître.
» Mes guerriers éperdus se pressent sur ses pas ;
» Elle allume en leur cœur le désir des combats ;

» D'un lugubre étendard fait flotter la bannière,
» Les précède ou les suit, les guide ou les éclaire,
» De leur fougueux transport redouble encor l'ardeur,
» Et d'un bras enchaîné fait seule un bras vengeur.

» C'est ainsi que des Grecs l'impétueux courage,
» Du sang des Musulmans a couvert ce rivage;
» C'est ainsi que bravant l'injustice du sort,
» Exposés aux périls et repoussant la mort,
» Ces glorieux enfans de la Grèce nouvelle,
» Des antiques vertus ont offert le modèle.
» On vit renaître en eux plus d'un Léonidas,
» Plus d'un Philopémen, d'un Épaminondas :
» A ces illustres noms, célèbres dans l'histoire,
» Les leurs iront s'unir au temple de Mémoire,
» Et leurs brillans exploits, par la simple équité,
» Seront redits sans fin à la postérité.

» Désespoir ! liberté ! redoutable génie !
» Qui fis pendant sept ans trembler la tyrannie,
» Tu devais me sauver de mes persécuteurs;
» Mais à leurs rangs vaincus d'autres rangs destructeurs
» Succédaient sans repos; et cette hydre puissante
» Se retrouvait partout terrible et menaçante.
» De mes fiers ennemis les odieux succès
» Ne sont dus qu'à leur nombre, à leurs affreux excès.
» Un seul bras vaincra-t-il, quoiqu'on le puisse craindre,
» Cent bras levés sur lui toujours prêts à l'atteindre ?

» Non ! non ! il faut périr, et j'aperçois ces jours
» Où ma frêle existence aura fini son cours.
» Sur ma tête la mort étend ses voiles sombres ;
» Déjà de nos martys je vois errer les ombres,
» Qui me montrent de loin le séjour éternel ,
» Où Dieu doit nous juger sur son trône immortel.

» O douleur ! ô pitié ! du sol qui m'a vu naître ,
» Sans espoir de retour je vais donc disparaître !
» Je n'existerai plus dans ce vaste univers ,
» Que par le souvenir de mes cruels revers !
» On saura que les Grecs, prodigues de leur vie,
» Ont souffert , combattu, sont morts pour la patrie ;
» Et que ces fiers Chrétiens , par l'Arabe immolés,
» Sont tous ensevelis sous leurs murs écroulés ! »

Tes destins vont changer, espère, espère encore :
De jours moins orageux déjà brille l'aurore ;
Je vois un pavillon qui flotte dans les airs ,
Sa blancheur se distingue au vaste sein des mers ;
Noble et majestueux , avec calme il s'avance ,
Et son heureux signal te permet l'espérance.
Oui , je l'avais prévu , ce sont des protecteurs ,
Des frères, des amis, de vaillans défenseurs ,
En un mot, des Français !... Tu n'as plus rien à craindre ;
A leur but glorieux ils sauront bien atteindre.
De tes sanglans combats arbitres généreux ,
Ils feront reculer la mort au devant d'eux.

Tes ennemis vainqueurs redoutent leur courage ;
S'ils frémissent encor d'une implacable rage,
Ils la concentreront dans leur cœur oppressé.
Écoute !... et juges-en.... Le canon a cessé !...
Déjà tu n'entends plus la bombe formidable
Sortir avec fracas de sa bouche exécrable ;
La balle aussi se tait : tous les coups meurtriers,
Sitôt qu'ils ont paru, se sont faits prisonniers.
De semblables soutiens, va, tu peux tout attendre ;
A de moindres respects ils ne sauraient prétendre :
Quoique l'humanité conduise leur valeur,
Et leur montre en ces lieux un nouveau champ d'honneur,
La victoire les suit : un seul regard peut-être,
Un seul geste, et près d'eux ils la verraient paraître.

Ils joignent Ibrahim, le somment de partir :
A sortir de ces bords pourra-t-il consentir ?
Tous ses sens ont frémi, son pied frappe la terre ;
Il regarde, il saisit son large cimeterre,
L'éloigne, le reprend, le repousse incertain ;
Il va, vient, il menace, et s'arrête soudain....
Des valeureux Français l'attitude imposante
Vient d'enchaîner enfin son audace imprudente.
Tel un lion superbe à nos yeux vient s'offrir,
Impatient du joug qu'il ne saurait souffrir ;
Il se débat, rugit, et sa bouillante rage
Ne respire que sang, que meurtre, que carnage.
Mais son maître irrité paraît, et, le pressant,
Présente à ses regards un glaive menaçant ;

L'animal indocile, intrépide, intraitable,
Qu'intimide aussitôt cette arme redoutable,
S'apaise et se soumet sans attendre ses coups ;
Sa présence a' suffi pour dompter son courroux.
Tel on voit Ibrahim, malgré tout son courage,
S'adoucir, se soumettre et céder à l'orage.
Il va donc, abjurant d'inexorables lois,
Abandonner le fruit de ses sanglans exploits ;
Et d'un peuple opprimé, triste objet de sa haine,
Il va bientôt, il va briser l'horrible chaîne :
La France ainsi le veut !... Dès lors un prompt départ,
Pour lui, pour ses soldats, s'apprête sans retard ;
De ses nombreux vaisseaux, par les vents soulevée,
La voile enfin s'étend ; soudain l'ancre est levée :
L'air retentit au loin des cris des matelots,
Et la flotte, livrée aux caprices des flots,
D'un monarque puissant secondant le projet,
Recule en bondissant, s'enfuit et disparaît ;
La Grèce, qui l'eût cru ? La Grèce infortunée
Voit en un seul instant changer sa destinée ;
Un peuple généreux, et grand par ses vertus,
Épargnant les vainqueurs et sauvant les vaincus,
Est venu proclamer sa noble indépendance.
Honneur au nom Français ! Gloire, gloire à la France !

#

Les Derniers Adieux.

De nos mers vastes et profondes
Par les vents mollement bercé,
Un vaisseau franchissait les ondes,
Au gré du pilote empressé ;
Les matelots, pleins d'espérance,
En se rapprochant de la France,
Disaient mille refrains joyeux,
Et l'écho répétait encore
Les accens que leur voix sonore
Lui laissait pour derniers adieux.

Un jeune Français, dont la vue
Domine déjà sur nos bords,
Sent naître dans son âme émue
D'heureux, de séduisans transports.

Sur cette plage ravissante
Tout lui plaît, l'attire et l'enchante .
Alors il sourit aux zéphirs,
Dont la folâtre et douce haleine
Le pousse sur l'humide plaine
Et comble ses plus chers désirs.

Un soleil pur et sans nuage
Avait éclairé son retour,
Et reflétait sur le rivage
Où du ciel il reçut le jour.
De cette charmante Italie,
Que les beaux-arts ont embellie,
Il avait vu les monumens :
Puis il volait, dans son ivresse,
Près des objets de sa tendresse,
Chercher des plaisirs plus charmans.

L'ancienne rivale du monde
Avait attiré ses regards :
Cette terre, en héros féconde,
N'enfantera plus de Césars.
Mais des siècles passés l'histoire
Se retraçant à sa mémoire,
Dans Rome il rêve à nos exploits,
Et s'enorgueillit de sa gloire,
Songeant que son char de victoire
Nous fut remis par les Gaulois.

Une plus aimable chimère
Occupe maintenant son cœur;
C'est de lui seul qu'un tendre père
Attend sa joie et son bonheur.
Dans un délicieux asile,
Séjour séduisant et tranquille,
Où s'écoulent de doux instans,
Il veut lui consacrer sa vie,
Et près d'une fidèle amie
Être l'appui de ses vieux ans.

Enfin de ce château gothique,
Témoin de ses jeux enfantins,
Il pourra de l'horloge antique
Entendre les sons argentins.
Il reverra ce vert bocage,
Où la rose à demi sauvage
Mêle son incarnat vermeil;
Et dont la modeste parure,
Près du clair ruisseau qui murmure,
Défend des ardeurs du soleil.

Heureux momens où sa pensée,
Qu'enchaîne une flatteuse erreur,
De sa félicité passée
Vient lui retracer la douceur !
Avec joie, avec confiance,
Sans soucis et sans prévoyance,

Il s'élance dans l'avenir :
Un désir vif, nouveau, l'enflamme,
Et déjà confond dans son âme
L'espérance et le souvenir.

Du bonheur la flatteuse image
S'offre à lui sous mille couleurs.
Il se voit passant d'âge en d'âge
Sur un chemin semé de fleurs.
Insensé ! quelle est ta folie !
Souvent dans cette courte vie
Nos vœux du ciel sont rejetés ;
Va, cours, vole auprès de ton père,
Il touche à son heure dernière,
Et les instans te sont comptés !

Son cœur bat, il se précipite,
Il a revu ses frais ormeaux ;
Mais un secret effroi l'agite !
C'est le silence des tombeaux....
Il doute, interroge, s'avance....
Alors sa plus chère espérance
S'évanouit dans les sanglots.
Ah ! malheureux ! que la tempête
N'a-t-elle éclaté sur ta tête !
Que n'es-tu péri dans les flots !

Mais, à la voix d'un fils si tendre,
Le vieillard reprend ses esprits ;
Du bonheur qu'il n'osait attendre
Il connaît déjà tout le prix.
« La Providence me fait grâce ;
Viens, lui dit-il, que je t'embrasse,
Tes soins ne seront pas perdus ;
De leur douceur que je m'enivre ;...
C'est pour toi que je voulais vivre,
Et demain je ne serai plus !

» L'aurore, fraîche et radieuse,
Brille pour toi de tous ses feux,
Quand sa clarté faible et douteuse
Fuit et disparaît à mes yeux.
Le temps, dans sa marche certaine,
M'attire, me pousse, m'entraîne
Loin d'elle et loin de mes beaux jours :
Et bientôt des voiles plus sombres
De leurs impénétrables ombres
M'envelopperont pour toujours.

» Mais puisqu'un reste de lumière,
En comblant mon dernier espoir,
Offre à ma mourante paupière
Le plaisir si doux de te voir ;
Puisque le ciel en sa clémence
Permet que ta chère présence

2'

Ranime et ma voix et mes sens :
Écoute à cette heure suprême
Ce que la sagesse elle-même
Prête à mes dociles accens.

» Chéri d'une fière déesse,
On me vit dans les champs de Mars,
Avec ardeur, avec ivresse,
Cueillir mille lauriers épars.
La paix désarma nos courages ;
Alors je sus, loin des orages,
Jouir de mes heureux travaux :
Et pour mieux illustrer ma vie,
Et servir encor ma patrie,
Me frayer des chemins nouveaux.

» Mon fils ! d'une noblesse insigne,
Acquise sur le champ d'honneur,
Je sais que le glorieux signe
Se trouve gravé dans ton cœur.
A ce guide reste fidèle :
Et surtout défends avec zèle
Du faible les droits méconnus.
Souvent mon dévouement sincère
Lui fut un appui salutaire ;
Deviens pour lui ce que je fus.

» Aime surtout, aime la France,
Qui vit luire ton premier jour.
Ce doux berceau de ton enfance
Est digne de tout ton amour.
Je te laisse une noble épée,
Que ma main a souvent trempée
Dans le sang de ses ennemis :
Si jamais dans sa folle audace
Quelqu'ambitieux la menace
Fais pour elle ce que je fis.

» La Providence favorable,
Unique espoir du malheureux,
Commet à ta main équitable
Le soin de ses dons généreux :
Sache user de cet avantage,
Qu'ici tu reçois en partage
Brille quand je ne serai plus,
Non, par l'éclat qui t'environne,
Que la seule fortune donne,
Mais par l'éclat de tes vertus. »

Il a dit : Un léger sourire
Sur ses lèvres vient s'arrêter,
Il étend les bras, il soupire,
Et soudain cesse d'exister;
La mort, la mort épouvantable,
De ce visage vénérable

2.

A respecté les nobles traits :
Ainsi, de ce corps immobile
On croirait que l'âme tranquille
Médite encore des bienfaits.

O mort ! tu sembles plus cruelle
Alors que tu livres aux pleurs
Un fils qui te prie et t'appelle,
Tout en maudissant tes rigueurs.
De ses projets si prompts à naître,
Que ton souffle a fait disparaître,
Le souvenir croît ses regrets ;
Ton pouvoir affreux qu'il déteste,
Ton pouvoir perfide et funeste,
A changé ses fleurs en cyprès.

Mais quel spectacle l'environne
Et s'offre à ses tristes regards ?
Sa grandeur l'émeut et l'étonne.
Quoi ! l'on gémit de toutes parts ?
Dans cette foule qui se presse,
Que de respect, que de tristesse,
Que de cœurs plongés dans le deuil !
Chacun regrette l'homme juste,
Et réclame en ce jour auguste
L'honneur de porter son cercueil !

Illustre et noble écho, la France,
Par un hommage solennel,
Et reconnaît et récompense
Les soins d'un vertueux mortel !
Et magnanime en sa justice,
Si parfois d'un pur sacrifice
Elle demande le tribut ,
On la voit toujours équitable ,
Par un retour incomparable ,
Rendre plus qu'elle ne reçut.

Généreuse et chère patrie,
Tel est ton souverain pouvoir ,
Que tu rattaches à la vie ,
Que tu rappelles au devoir
Un fils frappé dans ce qu'il aime.
L'aspect de ta grandeur extrême
Ranime ses sens abattus.
Il la voit, la comprend, l'admire :
L'ombre de son père l'inspire ,
Il veut imiter ses vertus.

e ortugais.

Près de l'étoile palissante,
L'aurore au visage vermeil,
Fraîche, légère et diligente,
[Ouvrait les portes du soleil;

Et la foule laborieuse,
Qui fuit un languissant repos,
Secoue, à sa clarté douteuse,
Du sommeil les sombres pavots.

Un pêcheur, modeste et tranquille,
A déjà saisi ses filets,
Et va de l'élément mobile
Implorer les nombreux bienfaits.

Long-temps soldat quand la victoire
Conduisait au loin nos drapeaux,
Des fiers monumens de sa gloire
Il a conservé les faisceaux.

Vieux ornemens de sa chaumière,
Ils doivent seuls l'orner toujours,
Car jusqu'à son heure dernière
Ils seront ses seules amours.

Quoiqu'en sa profonde retraite
Il goûte un paisible bonheur,
Le son aigu de la trompette
Éveille encore sa valeur.

Du jour dès qu'il voit la lumière,
De la mer il prend le chemin,
Au pas d'une marche guerrière
Dont il fredonne le refrain.

Il va de sa barque captive
Rompre les liens suspendus....
Mais il s'arrête,... et sur la rive
Jette ses filets étendus.

Il prête une oreille attentive
Aux faibles et tristes accens
D'une voix éteinte et plaintive
Qui tout à coup trouble ses sens.

Vers le malheureux il s'élance,
Plaint et partage ses douleurs,
Et soudain s'étonne qu'en France
Ses yeux puissent verser des pleurs.

« Un pays, dit-il, t'a peut-être
Trahi, rejeté de son sein,
Et de celui qui t'a vu naître
Rendu plus sombre le destin?

» L'affreux chagrin qui te domine,
Notre amitié l'adoucira....
Ah!... j'aperçois sur ta poitrine
Le plomb cruel de Terceira!

» Que de périls! que de souffrance!
Étranger, noble Portugais!
Mais le courage et la constance
Du malheur émoussent les traits.

» Viens avec moi dans ma demeure;
Je veux t'y prodiguer mes soins :
Oui, viens, mon travail de chaque heure
Saura fournir à tes besoins;

» Et, vigilante sentinelle,
Mon chien veillera près de toi,
Aussi soumis, aussi fidèle,
Que s'il veillait encor pour moi.

» Sous ce ciel serein et propice
Tu peux te livrer au repos :
La perfidie et l'artifice
N'y trament point de noirs complots.

» Vois tes compagnons d'infortune,
Dont tu déplorais les malheurs !
De la bienveillance commune
Ils ont ressenti les faveurs.

» Ici la douce bienfaisance
Élève de nombreux autels,
Où les fiers enfans de la France
Présentent leurs dons fraternels.

» On la voit, des portes du Louvre,
Répandre en tous lieux ses bienfaits;
Et sous le chaume on la découvre
Aussi-bien que dans les palais.

» Un tyran cause ta misère,
En nuits il change tes beaux jours ;
Contre sa farouche colère
Tu n'espères point de secours ?

» Mais le ciel, ce ciel qu'il outrage,
Par l'excès de sa cruauté
Ne peut-il d'un dur esclavage
Affranchir ta fidélité ?

» Les rois sont maîtres de la terre ;
Mais Dieu , ce grand maître des rois ,
A son tour , lance le tonnerre
Sur ceux qui trahissent ses lois.

» Ce sont ces lois saintes et justes ,
Des peuples immortel lien ,
Qui de nos monarques augustes
Font la force et sont le soutien.

» Celui qui les peut méconnaître ,
Et veut régner par la terreur ,
Quelque jour, deviendra, peut-être,
Victime enfin de sa fureur.

» Cruel , sanglant, ill égitime ,
Son sceptre en mille éclats brisé ,
En tombant ouvrira l'abîme
Que sous ses pas il a creusé.

» La tempête qui l'environne
Dispersera jusqu'aux débris
De ce mouvant et faible trône
Où sans droits il se trouve assis.

» Errant sur la plage étrangère,
Que lui restera-t-il alors
De sa puissance passagère ?
L'effroi, le trouble , le remords !

» Semblable au torrent en furie,
Qui dans son cours a tout rompu,
Et dont la source s'est tarie
Dès que l'orage a disparu !

» Ils ne sont plus ces noirs présages
Qui n'annonçaient que le tombeau ;
Les vents ont chassé les nuages
A l'aspect d'un astre nouveau.

» Sous un ciel pur je vois l'enfance
Sourire et te tendre les bras ;
Symbole heureux de l'espérance,
Le bonheur renaît sous ses pas.

» Les destins ont brisé ta chaîne ;
Ils disposent de l'avenir :
Pars ! et sur la rive lointaine
Conserve-nous un souvenir. »

 Les Fleurs.

Viens, ô ma compagne chérie,
Partager nos joyeux transports :
Viens, viens avec nous sur les bords
De la verte prairie
Dérober au printemps ses plus riches trésors.
Volons, et que nos mains fidèles,
Soudain de nos fleurs les plus belles,
De ces bosquets chéris, où serpentent les eaux,
S'empressent d'embellir les flexibles rameaux.
A l'amitié qui nous rassemble
Donnons ces aimables instans ;
Rions, chantons, courons ensemble,
Comme aux jours de nos premiers ans.

Demain la rose d'hyménée,
En parant ton front virginal,
D'une plus charmante journée
Pour nous sera l'heureux signal.
Demain le plaisir, la tendresse,
Sauront encor nous réunir ;
Demain tu connaîtras l'ivresse
D'une félicité qui ne doit pas finir.
Dans cet agréable bocage,
Qui nous prêta souvent le frais de son ombrage,
Ta main rencontrera la main de ton époux ;
Et ceux dont l'amour, la constance,
En nos timides cœurs font naître l'espérance,
Y viendront danser avec nous.
Là, d'une modeste guirlande,
Sans doute, en souriant ils recevront l'offrande :
Tout plaît à qui sait plaire, et de nos tendres soins,
Ces lieux qu'ils aiment tant, deviendront les témoins.
Ainsi, sous ces épais feuillages,
A l'abri de tristes orages,
Ils goûteront tous les bienfaits
D'une douce et tranquille paix.
O paix ! charmante paix, à nos vœux favorable,
Qui charmes d'autant plus que tu sembles durable,
C'est toi, c'est ton calme enchanteur
Qui peut de nos destins assurer le bonheur.
En effet, ne sait-on qu'à l'instant où la guerre
Ferait entendre au loin l'éclat de son tonnerre,
Nous verrions ces amans, tendres, passionnés,
Ces amans, qu'à nos pieds on croirait enchaînés,

Sans égard à l'amour, sans pitié pour nos larmes,
Rechercher les périls, les craintes, les alarmes :
Ils iraient, déployant leurs nobles étendards,
D'un pays en ruine étayer les remparts :
Ils nous fuiraient encor pour gagner des batailles,
Ou d'une ville en pleurs relever les murailles.
Le glaive musulman, les tempêtes, les mers,
Ont-ils donc arrêté leur généreux courage,
Alors qu'il leur fallut aller briser les fers
   D'un peuple en esclavage ?
  Non ! ils surent, comme autrefois,
Étonner l'univers par leurs brillans exploits.
 Hâtons-nous donc, de fleurs fraîches écloses
  Entourons ces vaillans guerriers,
  Et que les myrtes et les roses
  S'entremêlent à leurs lauriers ;
A ces nobles lauriers, cueillis par la Victoire
Qui, docile à leurs vœux, fidèle à leur destin,
Se plut à les couvrir d'une immortelle gloire
  Aux bords fameux de Navarin !